Los placeres del verano

Textos e ilustraciones de Roger Paré
con la colaboración de
Bertrand Gauthier
en la realización de los textos

1a. edición, septiembre 2007.

© *Plaisirs d'été*
Textos e ilustraciones de Roger Paré
con la colaboración de Bertrand Gauthier en la realización de los textos
Copyright © 1988 Les éditions la courte échelle inc.
5243, boul. Saint-Laurent
Montreal (Québec)
H2T 1S4

© 2007, Grupo Editorial Tomo, S.A. de C.V.
Nicolás San Juan 1043, Col. Del Valle
03100 México, D.F.
Tels. 5575-6615, 5575-8701 y 5575-0186
Fax. 5575-6695
http://www.grupotomo.com.mx
ISBN-13: 978-970-775-310-5
Miembro de la Cámara Nacional
de la Industria Editorial No 2961

Diseño de portada: Trilce Romero
Traducción: Ivonne Saíd Marínez
Formación tipográfica: Luis Raúl Garibay Díaz
Supervisor de producción: Silvia Morales Torres

Este libro se publicó conforme al contrato establecido entre
Les éditions la Courte échelle inc. y *Grupo Editorial Tomo, S.A. de C.V.*

Impreso en México - *Printed in Mexico*

Los placeres del verano

Textos e ilustraciones de Roger Paré
con la colaboración de
Bertrand Gauthier
en la realización de los textos

Grupo Editorial Tomo, S.A. de C.V,
Nicolás San Juan 1043
03100, México, D.F.

Llegó el ansiado verano
que estábamos esperando
y la hora de jugar
llegó a este lugar.

Cuando tú me empujas
es muy divertido,
en la panza siento burbujas
y un poco de escalofríos.

En el florido parque, muy a gusto,
sentados frente a un árbol robusto
los escuchamos tocar y cantar,
qué alegre momento para disfrutar.

En el cielo transparente
y con el viento en la frente,
viaja mi cometa
verde, amarillo y violeta.

Como una casa,
mi lindo paraguas
nos protege y tapa
de las frías aguas.

Frondosas fresas
en mi huerto crecen,
ricas fresas
mi canasta abastecen.

Cerca de nosotros,
dos gordos perros
pasean en bicicleta
siempre en la banqueta.

Mi amiga la ranita
viaja en mi cabecita,
en mi lancha paseamos
y muy rico nos asoleamos.

La vaca, mi vecina,
quiere la tartina
y el pan con margarina
de mi amiga Martina.

Con mi traje de baño a rayas
me gusta mucho nadar,
para tratar de olvidar
el calor en la playa.

Esta obra se imprimió en el mes
de septiembre del 2007 en los talleres de
Edamsa impresiones S.A. de C.V.
con domicilio en Av. Hidalgo No. 111,
Col. Fracc. San Nicolás Tolentino,
C.P. 09850, México, D.F.